徒花

山之内まつ子

思潮社

徒花

山之内まつ子

思潮社

目次

装幀　思潮社装幀室

徒花

顔無し——序

窓枠に区切られた
とつぜんの風景への贅のように
雨足が疾駆する

わたしを素描し損ねた
あまたのペン先が
あやめあいながら
地上に刺さったかのようだ
穿たれた土が呻き声をあげ
痛みを分けあう雑草との

抱擁が谺するとき
コーヒーの苦みに
より多くの野性が
注がれる

わたしのライフマスクが
鏡から剝がれない
連続性を帯びて
私史のまなじりが
あわい生き方を覗かせている

顔のなくなった日
中庭で鳩が
溺れようとして失念し
光が雲に鷲摑みされている

今日ひと言も話さぬ口のあたりに

コーヒーの苦みだけが
口紅となり　そして
いちにちが引き算されてゆく
そのわずかの余白に
鏡の世界があり
一艘の絶望をながす

顔無し——わたしを買う

液泡を平均にして
丸椅子から生えたように腰掛け
無い顔を売らされている
エーテルを嗅ぎあう
半過去のわたしたちに
あまねく素描されている
だれもが記憶する生理学のひずみに
点と線が諧集しはじめ
顔のかたちが再生しようとする

わたしはわたしたちに買われた
わたしたちは立ち退かず
嘘吐きの鉛筆で描く
　あ、眉はそんなに太くないし
　　歯は口もとに首を並べる
　　　眼はふたつで十分であり
　　　三半器官や海馬は埋もれるもの
　　もっと簡単でいいのに
配置転換はくりかえされ

その日その日にしかなかった顔が
サブリミナル効果を切り刻む

ゴミ箱が紙質の表情筋であふれ
わたしのルーツから抜け出して
いつしかわたしたちは居なくなった
余計なものは拾わぬことにした

『徒花』に寄せて

玉葱の芯——山之内まつ子の人と作品

北川透

わたしが山之内さんを知ったのは、詩と批評誌「九」の同人としてである。その時は、詩人かと思っていたが、その後、鹿児島の高岡修さんが主宰する、現代俳句の結社「形象」に属する俳人でもあり、短歌も作り、小説も書く人であることを知った。多芸多才と言っていいのかどうかちょっと分からないが、人柄としても、作品としても、独特な印象を与える人である。「九」では同人を順次紹介する欄を作っていたが、それは山本哲也とわたしが担当した。そこにわたしが書いた「山之内まつ子小景」という短文が人柄の紹介になっているので、初めにその部分を引く。

《「九」の同人のなかで、わたしを人前かまわず、オヤブンと呼ぶのはこの女人だけである。何も知らない人は、ほんとにわたしが親分かと思う。しかし、よく見ればヤサガタで腕っ節も弱そうで、たとえ心はヤクザでも、こんな貧弱な親分はいない、と安心する。彼女だってわたしを親分だと思っているわけじゃないだろう。彼女のオヤブンは「オヤ？　おまえさん、変なおとこだねぇ。」の「オヤ？」と、「フン！　わたしを誰だと思ってるんだい。」の、「オヤ？　フン！」が詰まったものだ。「フン」が濁るのは、糞（フン）じゃあんまり品がないし、だいいち「オヤフン」では発音に力が入らなくて、言った途端につんのめってしまう。そこで自分をコブンなどと、髪の毛ほども思っていないのに、オヤブンと呼ぶ。》そんな人だ。

さらに、彼女の飲みっぷりのよさについて、わたしは触れた後、《しかし、お酒などは薩摩オンナの入口に過ぎない》と書いている。これは実際に目撃したことだが、凄いのは彼女のカラオケの芸だ。《たとえば島倉千代子の「人生いろいろ」を、島倉以上に島倉の声色で、しかも、能の語りのようにごつんごつんと唄っているかと思うと、突然、和田アキ子以上に和田の声色に転調して、見事に唄いきってしまう。》むろん、こんな風に紹介すれば、どこからか、詩人としてはどうなの、という声が飛んでくるのは、よく分かっている。《薩摩オンナにとってカラオケなどは芸の内に入らない》ことを思い知るべきだろう。十三年後、やっと山之内さんの詩について語る機会が回って来たのである。

詩集『徒花』が出る。ゲラで読み終えたところだ。そして、やっぱり、玉葱の芯だと思った。唐突に思い浮かんだのではない。山本哲也とわたしが、この人の紹介の短文を書いた「九」第9号に、彼女が発表している「音」という作品に、玉葱の芯のことが出てくるのである。《芯を中心に玉葱はあるか》と問いかけている。こういうことを、わたしはよく知らないが、玉葱は球根だから、頭から芽（埋もれている茎）が出る。その芽の下部の中央の膨らみを芯というのだろうか。山之内さんの詩には玉葱に似た芯がある。しかし、その芯は幾枚もの厚い皮に隠されているから、よく見えない。

人柄というのは、人との付き合いに出る表情や、その人特有の流儀のようなものか。それは玉葱で言えば、丸い球根を包んでいる幾枚の皮にあたる。人柄を玉葱の皮に例えて悪いけど、その表情や流儀にも何処か、見えない芯が詰まっていることを感じさせる。詩はもっとそうだろう。詩集の題名になった「徒花」という作品。冒頭から厚い皮に遮られている。ちょっとめくってみる。最初のフレーズは《猫の肉球を押し広げ　その深淵に溺れてから　男ははじめて立ちあがる》だ。〈肉球〉とは、聞き慣れないことばだが、猫の足裏の盛り上がっている無毛の部分を指すらしい。二連目には《管理下の男には家もなくその低体温ゆえに　抱き合った蛇ですらも凍りつくだろう》とあるから、管理社会で働いて、冷やされている男が想像されている。男は猫を溺愛し、その肉球を押し広げ、その内部の深淵が湛えている温みに癒される。その儀式を経なければ、彼は立ちあがって、《社会の不安の地下にもぐり》《濡れて乾かぬ杭》と化し、沢山の傭兵の一員のように、《地固めする》ことなど出来ないのだ。しかし、そんな仕事に不眠で当たって終わる、一人の働く男の生涯なんて、ただの徒花。一本の朽ちていく杭に過ぎない。社会を覆っている不安な地下道からは、そんな杭たちの《裂ける音だけが　愉しげにひびいている》。

「徒花」の表皮を剥いて行くと、そんな物語が見え隠れする。猫のぶよぶよした〈肉球〉への愛撫を、《深淵に溺れ》る、という。世間に違和を与える表現が多用される。自分の詩の芯を維持するために、そんな奇妙な皮で覆わざるを得ないのだろう。むろん、詩の話法は、学校文法ではない。読者は皮を剥いて、また捲って、更に剥いて到達した先に、芯らしい硬い実体は何もなく、ひっそりと空虚が息をしていた、ということも十分あり得る。彼女自身が、かつて問うていたではないか。《芯を中心に玉葱はあるか》と。

徒労の花を

城戸朱理

中国の神話的な時代に、神人、倉頡《そうけつ》は、雪の上に残された鳥の足跡を見て、すべての物事は図像化できることに気づき、世界の諸事象を象って漢字が生まれたと伝えられている。

そう、人間は言葉を見出すことによって、広漠とした世界を分節し、世界をようやく認識できるようになったのだと言ってよい。

この地上の、あるいは、頭上に広がる天空の諸存在と諸事象を名づけていくのには、いったい、どれだけの時間がかかったのだろうか。想像もつかないが、やがて、人間が想像上の存在まで名づけては、実際は存在しないものが、言葉のうえでは存在するようになっていくのには、それほどの時間はいらなかったような気がする。

かくして、言葉は現実の世界よりも、広大な広がりを持つとともに、人間ならではの暗がりも深めていくことになるわけだが、結果として、人間は言葉によって規定されることにもなった。

そのことに対する自覚からしか、近代以降の詩は始まりえないし、現代詩のいわゆる難解さも、そうしたねじれに由来するものだと考えることができるだろう。

山之内まつ子の詩は、難解である。

しかし、その難解さが何ゆえなのかを考えるならば、これほど誠実に書かれた詩も滅多に存在しないことに気づくことになる。

しかし、結論を急ぐのは止めて、その詩が語るところに、まずは耳を傾けてみたい。

この詩集を本当の意味で読み解くためには、巻頭に置かれた「顔無し」三篇を丹念に読む必要があると思う。いくつもの疑問が湧いてくるが、その疑問の中心は、やはり「顔無し」の意味するところだろう。

わたしはわたしたちに買われた
わたしたちは立ち退かず
嘘吐きの鉛筆で描く
　あ、眉はそんなに太くないし
　　歯は口もとに首を並べる
　　　眼はふたつで十分であり
　　　　三平規管や海馬は埋もれるもの
もっと簡単でいいのに
　　　　　　　　　　　（「顔無し——わたしを買う」）

何やら恐しいトーンをたたえた詩篇だが、引用した詩行では、私の顔は、私のものであるにもかかわらず、「わたしたち」という主体までも含めた他者の総体によって印象が決定されていることを物語っているのだと考えることができるだろう。

たしかに「わたし」が自分の顔を確認できるのは鏡を覗いたときだけである。鏡に映る顔こそが、わたしが認識したわたしの顔であるわけだが、それは、他者との関係性のなかで決定されるわたしの顔と同じものではない。だから「わたしのライフマスクが／鏡から剝がれない」（「顔無し——序」）。

その意味では、社会生活を営む者は、誰であれ、これという顔をもちえぬことになる。すなわち「顔無し」ではないのか。

顔売りの夢を
視たのだった
（中略）
死の子音の
昨日の　一か月前の
それら無添加の　死
大量の死はむしろ

生をしたたかに照らすことだ。　（「顔無し――鏡」）

わたしの顔に「連続性を帯びて／私史のまなじりが／あわい生き方を覗かせている」（「顔無し――序」）

という詩行が示すように、生きてきた軌跡が刻み込まれているにもかかわらず、その顔のイメージが他者によって決定されているとしたら、「顔売り」という不気味な仕事も成り立つかも知れない。この不確かな自己という存在。それは、むしろ生への確信ではなく、死からの反照によってのみ確固たるものになりえるのではないのか。

「顔無し」三篇は、このようにして、独自の詩的世界への入口を作っていくのだが、そこで語られているのは、すなわち自己という存在が他者によって規定され、曖昧な自己と生は、むしろ死の反証として、明らかな輪郭を持つようになっていくのだということだと考えられる。ここでは「顔」は、そのまま「わたし」という存在を意味しているのだと言っていい。

そこからのイメージの展開は、女性性をあまり感じさせない硬質な詩語でありながら、女性にしかなしえぬものになっている。

リップスティックとは　火の氷雨であり　拭い
ても拭いても湧き出づるバラの歯形であると
（「ある演出家にとっての」）

ネックレスとは星座と魔風とのくちづけであり　（「海馬」）

ピアスとは明と暗の鍔迫りあいである　（「はじめから空《くう》であるもの」）

マスカラとは能弁な非の単位である　（「濃く焦げることを」）

アイラインとは一死をとまどう苦笑である（「囲い」）

ペンダントとは思恋の重力である　（「化骨」）

装身具や化粧がAはBであるという詩的な命題として次々に提出されていくのだが、ここで留意すべきなのが、リップスティックやマスカラが、顔を彩るためのものであり、ピアスやネックレスが顔の周囲を飾るものであることだろう。

すでに顔がわたしという存在を意味するものであることが明らかなわけだから、これらの詩は、わたしと外界との関係性をさまざまな状況設定において語るものと考えられるが、暗い熱を孕むイメージの展開は、圧倒的である。そして、存在の周辺である化粧や装身具を発端とする詩篇の展開のなかで、次第に「わたし」はこの世界のなかで位置を占めていくかのようでもある。その意味では、この詩集は、言葉によって曖昧になった存在を、言葉によって再び在らしめようとするものだと言ってもよい。

劫初のひとさしゆびは
どのような固有性を示そうとしていたのか
名付けられるもののない
冥い闇のたたまれた裾のはざまで
なにかを差すことのみを思考した
差すことで闇は遠のくと思われた
指の輪郭の野辺で
わずかに点ろうとして
孵化する雷《いかずち》
ゆびさきの迷路から滲み出す
体液に溺死する

（「きょうふ」）

精神医学が明らかにしたように、言葉が失われたときには、世界はきりもない差異の総体として人間に迫ってくる。それは白昼であっても闇に等しい。だから、言葉によって諸事象の固有性を確認していくことで、人間は闇を遠ざけ、世界を認識していくわけだが、実際は、闇は遠のくわけではない。無数の固有性を確認することは、むしろ、闇の深さを明らかにしていく。そして、それは存在と生存の闇でもあるのだろう。

詩にとって、平明であるか、難解であるかは、本質的な問題ではない。平明でも深い詩もある。西行のように、あるいはパウル・ツェランのように。難解でも明晰な詩もある。松尾芭蕉のように、あるいはダンテのように。

『徒花』は、ときに明晰で、ときに晦渋だが、その難解さは、私たちの生そのものに根差すものなのだろう。ある意味ではシンプルであり、にもかかわらず謎に満ちた生に。

そして『徒花』とは、存在と言語の根源を言うものであり、生のありようのメタファーでもあるのではないだろうか。

部位の可動性が
間近に迫っているのだろうか
丸椅子のうえに
うごめく一面がある

顔無し——鏡

顔売りの
夢を視た

雨脚が斜にしぶいて
半透明な粘りを増していた
しかし　見張っていると
雨が地上から空へと
もどっているのだ
はじめての帰省のように
蹠が朝焼けを包んでいた

顔売りの夢を
視たのだった

空っぽの卵巣に
狂気の釘のように詰まっていたもの
おびただしい　死
こんなにも多く思っていたのだ
死の子音の
昨日の　一か月前の
それら無添加の　死
大量の死はむしろ
生をしたたかに照らすことだ
決別の証しが
全卵を機能する

空のものが空に帰っていった今日

生まれたての人間のように
鏡のうす皮を
剝いでみようか

影

つながれる　と、いう状況で栄えた国々があった　はるかな高みからの暴圧のくりかえし　つながれた人々の呻きがこわれた子をつくり　流されてゆく瞳は蹂躙の芽も示さず　蛇行する体液の夜となった　いつまでも明けぬ頑なな空に　鎖に繋がれた足首の声だけが突き刺さり暗部へと突き放された　黄泉の国で記録されぬままの太陽が　焦げ茶に溶けて

（わたし（たち（は、たしかにニンゲンであった

つながらない　と、いう状況での重い浮游　わたしたち

の座るばしょは　わたしたちの屍の棺の川の上なのか
（旧い大陸の（縮んでゆくキリンの首がいた

時代の行方は洗われないのか　独裁者の曇りガラスの義眼のみが増殖して　今の世のおもて面だけを　蛇行する体液の夜は更けて（明けて）　弱まらぬ戦の握力にいばしょを奪取された人々の　鎖の谺だけが搾られるのだと、誰にも存在する影が呻いた
（キリンの首は（がらんどうの試験管

つながれたい女の　男は嗜好は肉的であり　外れていった水子の陰部にさえ情欲を覚えた　アンクレットは明るいが　途方もなく重たいので　女はつながれて金型のなかの虚空だった　唾棄された言に頬をぬらして　足首の細さとの拮抗は　男のゆびの運びとシンクロして　切ないほど雨降る無人の入江で　愛撫される影だとしても…

ある演出家にとっての

リップスティックとは　火の氷雨であり　拭いても拭いても湧き出づるバラの歯形であると　見知らぬホームレスの男が語った。

女を扨置《さてお》きリップスティック自体が　いやしくも先んじて艶に濡れて　男に血の説法をするだろう　（一刻を争う好機を逃すな！）　調教された精霊たちが　風の鱗の逆剝けをまたぎ　本能の川を遡行するとき　女は抜かりの門を赦し　うっかり招きいれることがある　楽しい修羅場までマ、チ、キ、レ、ナ、イ、ドラマの進行をホームレスの男は演出する。

禁忌な果実をもぐように　だれにも似ていない赤ん坊が放《ひ》り出される　男か、女か、蛇の類いか　うす紅色の肉塊は想像力を滑る　夜の産道のなかを　のたうち回る脂性のアウトロー　腐った玉葱のように主張するもの　おまえはだれにも似ていない　おまえは産まれたのではない　時間を喰らうただの負である　ホームレスの男は悦に入ってほくそ笑む。

バラの歯形が咲き乱れる日　火は饒舌になる　できるだけ接吻を集めて　負の生き物を絶命させてから　死化粧のリップスティックが蠢く　見事なまでの仕事を終えふたたび猟奇的な発光をする　多くの口唇が渇きを訴えて　美しく火傷しながら燃え落ちるのだ　滅んでゆくものを見据え　狂った表社会の厚顔が崩れるさまを　ホームレスの男は目を細めてサックリとうなずいた。

その男の個人的な妄想で　クランクアップした映像から
火の氷雨が男の顔を蹂躙する場面が　だれにも似てい
ないモノから放送を禁じられた。

海馬

ネックレスとは星座と魔風とのくちづけであり　思いとどまらせる
セレナーデな縄であると　うら枯れた貴婦人がつぶやいた。

褪色してしまった男の写真が　何通かの恋文をうしろ手に隠して
相好を逃がそうとしている　木陰には若い女が下着姿で燃えて　舌
のうえで不倫を転がしている　事実への距離は出発点をもたないが
だれひとりとしていない地上に痴情の痕跡がある　ならば貴婦人
は若さを巻き戻そうと　老眼鏡から時間の氷柱をひき抜こうとする
剝いた眼は狂言師のように際がない　だが記憶の細胞が遊びたが
るので　数秒前のことすら忘れてしまう。

男から（夫だった）渡されたネックレスのために　婦人の首は造型されたのだから　よその女の首をすべて刎ねよと請うのだった　真珠の粒が咲きそろうと　ケモノごっこへと誘うので　婦人は男とまぐわってばかり　それ以外の時間帯のベッドの事情は知らない　たとえ、シーツの汗に隠し女の支流が　妖しく叫んでいたとしても。

そもそもネックレスとは　青ざめた木立ちに棲む小鳥の前世でもあるから　端から消失する癖があると　ある日の婦人が口ごもった。

あの真珠の連なりは　すでに婦人の首の陰刻に没して　過去の証しはすでに消化／消火された　写真も絶命へと向かい　取りすがる婦人をふり払う　お生憎様、わたしは数千回でも生え変われると　白内障の膜越しに真実を圧死させた　軒下の雫のように絡みつく性は
　ベッドの形に両手を這わせて　虚空の無形の冷気に触れ　床に崩れ落ちるだけだった　どうしてわたしの男はいないの？

いま、婦人の脳の暗く小さな出窓から　海馬の幽霊が迸り出た　背には老いた男がまたがっており　うしろ姿のまま無言を貫いた　睫毛のように暮れなずんだ空に　屍臘化したゆびで凝固しかけた冷血を投げつけた。

虚夢を掛けた一条の首が　とても死にたい…と、言った…。

はじめから空《くう》であるもの

ピアスとは明と暗の鍔迫りあいである

軀よりも深い内界へと　突きすすむ絹色に光るピン　塚穴のような
ほらに向けて　むしろ充塡するために動くのだ　人体とはあなだら
けでいながら　むしろまとまって視えている　変幻する質量のたく
ましさである　男と女が融けあうほどのならいの先端を　風がそっ
と甘噛みしてゆく

ピアスとピアノは似ているけれど　スは酢のように刺す蕊である

ピアスを外したあとの美しい疵口　ぶつかりながら交歓してゆくのは　男と女のなりゆきの浮かれ　疵を治すということはキズを増やすこと　ひとえにかたぶく思考は揮発し　かすかな段差につまずくだろう　つまりほらあなに吊り下がる　蒼い不安に似ている

ピアスとは普遍的な人魚の落とし物である

未明の陸地なのか海のなかなのか　男と女の残像が淀むので　わけのわからない息苦しさに眩む　ピアスを擬餌となぞらえて　鳥が魚が耳ごと軀ごとひき千切ろうとする　痛みをともなう錯覚だからどんな宗教心よりもあやういものだから　光を脱衣したピンは断じておこなう　ニンゲンたちよ、豚にも牛にもピアスは似合うのだから　いつまでも吠えている口を潰せよ　ほらあなから脱出する卑近な近未来は追うな

ピアスからはじまる出発点から　空《くう》にまみれた地点まで　この宇宙では広さが足りない　やがてすべての軀は濾過されるだろう

濃く焦げることを

マスカラとは能弁な非の単位である

森の奥では　無国籍の番人が　死に嚙み砕かれた　焼け焦げた森の
全域は　流れてくる新しい死体のために　水の張られた窪地を探し
ている　眼球のたたえるうす曇りの　肉質の漣が潜んでいる地点を
　昨日あたりから森は探しはじめた　新しい死体を迎えるために
森は焦がれを燃え尽くした

マスカラとは騙し絵を漱ぐ口吻である

明けの／宵の明星を　女はじぶんの目に移植したがる　その美質のみに溺れ　理由があまく根深いので　それは新しい死体にはなりえない　すでに億年を死につづけている　あなたや／わたしの眼球その類いの圧倒的なみにくさである　夜空はことだまの化石　地上の涅槃の匂いは知らず…

マスカラとは売り損ねた淫欲のま昼である

あの森はいつしか思念ごと　密林に嚥下された　呪いを交接する樹木の　無数の根の共食いのようなハグ　水に浸るのは樹木の恥部であり　血を帯びた樹皮のいちまい下の　焦げついた時間のかすかな残留　そよぐ水面のしどけなさ　さあこれからを濃くすること　新しい死体が流れてきた今　澄んだ眼に密集する恥毛　そこにただ黒を塗り込むだけの手法を　正気を失っていても女は実技する

焦がれを燃えた森はまだ残夢の蕊を探しあぐねているか

囲い

アイラインとは一死をとまどう苦笑である

る、る、と心があそぶとき　男はことばの根を植えたがる　それらはうす曇りの湿地帯に　ふぞろいの切り株のように　青く匂いたつ

湿地帯が初期化されると　根こそぎことばは伐られ　やがて晴れ間をついて　うっすらと女の貌があらわれる　その眼のほとりに全き線を描くことはできない　太古より女は湿地帯を詰問する　ことばは逃亡して悪瘡と化す　つねに広さの定まらぬ場を　戦いのエリアだと限定することは　数千年の恋を　妥協へと釘打つことである

アイラインとは　古文書の眩しさにも適う

エジプトの文明と日本は時代を漉して　恋の文字《ひえろぐりふ》を交換しあう　重
なりあわない部分の嫋やかさ　重なりあう部分の無骨さ　やがて女
の眼のほとりを　男の思惟の舌がさすらう　王家の谷でもマンショ
ンの一室でもあり　たわむれのことばの微香に女は佇み　る、る、
と心を遊ばせる

どのような新月よりも多面性があるのがアイラインである

ざれごとを禁区へと　しばしことばをあそばせ　女たちは根っこご
と裁つ　まだ熟さない数千年を投げやって　化身の質では負けない
ことを　愛の質でも負けないことを　せんげんし　いちど　おうと
スル　囲うべき湿地帯を鳥瞰し　墨痕あざやかに　る、る、と線
を描き　眦の鍵《らいん》は閉じておく

男たちはうろたえ　敗北したくちなわとなる　支流があふれると

湿地帯はようしゃなく底なしとなり　女の心はかたくなに　まだ楔状である

化骨

ペンダントとは思恋の重力である

殴るのなら男の眦《まなじり》を　そこは嘘にうずくまられた過去からの　進化／退化から延びる歪線　殴りつけられて変容するふるえから　昇りくる太陽の義肢を抜き出す　なんという無抵抗の雄叫び　キシ・キシ・ギシッ…とろ・どろ・どろーっ！…　冷え冷えとしたまさつ熱　（人工のニンゲンならばとがめないが…）　折れないよう甘言をぬりつけ　それを言葉に置換する　たんじゅんに〝強く愛している〟と意訳する

ペンダントとは劣化した日々の蝟集でもある

殴られるのなら眉間を　そこは時間のあやふやな地　埋まっている古代の眼を　えぐり出して義眼を嵌めよ　それでようやく視力がうまれる　ときどき浮上する男の智慧は　いまだに見えない谺の影　ヨロ・ヨロ・ヨロウ…かたん・かたん・カ・タン　ときおりの奇矯な日の出を　視線によって折りつづける　畳み、曲げ、潰し　堕すのだ、何時かの空に　眉間の幅ほどのくもり空に　（雲の軟骨のまぶしさがあり）　それをたんじゅんに〝愛の形象《かたち》は見えない〟と意訳する

ときに液化するペンダントの希みであるが…

とろとろの義肢は　義眼の曲線を愛でて　不要なおのれを発火するだろう　（おのずと腑分けもするだろう）

しばらく止まる白い無音ののち　とくていの女の深い念
の底へ　訳せない一行が降りてくる　う・う・う…あわ
・あわ・あわと哭きわめき　その嵩張りが積もるほどに
凝固する石のようなもの

しだいに具体化して
　意訳することのできないペンダントが
　　女の生んだ化骨として在る

きょうふ

劫初のひとさしゆびは
どのような固有性を示そうとしていたのか
名付けられるもののない
冥い闇のたたまれた裾のはざまで
なにかを差すことのみを思考した
差すことで闇は遠のくと思われた
指の輪郭の野辺で
わずかに点ろうとして
孵化する雷《いかずち》
ゆびさきの迷路から滲み出す

体液に溺死する

CRY　のひびきあう日
ひとさしゆびのための閨《ねや》が
カンダタの蜘蛛の糸のように
宙《そら》から下ろされる
すでにゆびたちが犇きあい
圧死してはコルク状の虫
のような擬態は暴かれ
無性世代のあわいを墜落する
底には果てがないから
死につづける長城のようである

ふたつめの　ひとさしゆびに
まみえたときの慄えに
劫初のゆびは機械と化した
強張ったドライアイスの雲間で

諍いの属としてふたたび覚醒する
ひとさしゆびで差し合う無類の恐怖
その雄叫びの血合に
芯まで染まるのならば
つまりは銃《きょうき》と命名されるものに
変容した喪心のときの
冥い闇の手腕に
おどろく

わらっている

次のバス停まで
それを距離だとは
言い切れない

遠のいてゆく家族像
あのひとたちは誰だった（のか？
たとえば棺に入ったおとこを
わらいながら釘打つ
生まれつきの義手の民（なのか？
しかし立ち止まらぬ寸刻は

次のつぎのバス停まで
おとこをふたコマ転がす
それを距離だと
海馬のひずめが
土埃をまぶしつける
（次のつぎ…は脳内をメビウスする）

おとこの体内を
無人のバスが走り去る
産まれおちたときの
母のつくりわらいに似て
残像すら脱いで
過去の擬餌となる

どこに行こうか…（？
移行地点が行方をなくしたからには
半返し縫いの世の奈落に

おとこは刻まれ埋められる
むしろ微臭する名残の
始発のバス停で　あの
家族のような声に巻きつかれ
だれのためにも覚醒しない
だれかのために変死する

死への距離は
思いのほか
わらっている

こわれる朝

たったひとつの挨拶のために
つねに洗いたての
朝日が用意される
あたらしい人のために
レタスは水滴を無言ではじき
レイシは苦みの記録をわすれる
卓と椅子の配置は
一ミリのずれもなくて
あたらしい人は　珈琲の
凪ぎのこころを待っている

しかし　永劫に外に出られぬことも

朝日はおだやかだが
卓は喚くようにふるえだし　止まらない
椅子と二ミリほどずれて　かいま見える底無しの闇に
あたらしい人の血はわななき
カップのなかの珈琲は
底のあることとの恐怖に
茶色くクロスを乱吹いて
自らを死んだのだ
（その方法を更新しつづけて）

すでに旧いできごとに
あたらしい人は記されて
名付けられぬままに
はじめから非在だったとされる
（刷られることないざら紙は裂けて）

朝の形状は刎ねられ
ひとつの挨拶すら消された

真っ白な時空の画面に
つぎのあたらしい人が
フライングを自嘲している
珈琲という液体を
汚された海や河川の呻きと
なぞらえられて

昏むひと

ギャンブラーは右手から昏む　問題はその演技力だ　小指の先から哺乳瓶の乳首のように　時間に喰われてやる　ならば、評価しなくもない　にんげんは仮に造られたからくり人形のごときもの　ひっくり返し、回し、X線をかけて内容物を探ろうと試みる者もあるだろう　解答の上澄みをさらうと　解答欄にはもう記されてある　ギャンブラーは染色体の踊り方が違うのだ　聞こえてこないステップの音の呻きを　耳は聞こうとするな！

ウラ／オモテ　ミギ／ヒダリ　アカ／クロ　セイゾンカ／ノタレ死ニカ
アルイハ　フロウフシノ刑カ

その男は袖の長いシャツ姿で　失った部分を探らせない　運を呼び込むギャン

ブラーの季節の風が　惑いながら街角を一周しこんとんとする　男はたぶん手だと思われる箇所でコインを転がしながら　つぎの仕事場へと赴く　喰らわれた時間と軀を取り戻しに　社会にのしかかられても背筋を伸ばし　家庭という水量をはねのけ　同志の集う安らぎの部屋では　だれも素性を知らぬ瀕死の老いた男が　壊れた椅子に沈んでいる　いつから座っているかはだれも知らないが　かすかな死臭を皆で嗅ぐと安堵できるので　堅い結束の淦《あか》臭い声をあげる

欠けた肉体と心を　なおもコイン代わりに差し出すと　だれかが賭け金の紙切れを渡す　男たちはそのとき殉教者の体で　深々と頭《こうべ》のあたりを垂れ　ホーレホーレと直列で行進してゆく　その演技の下手さかげん　初心にかえれと諭すだれかがいる　昏むひとには耳がない　むしろ残っている肉が染色体を鞭打つ
　　　　　　サイゴニカケルモノハ　エイエンニコナイ

ギャンブラーには夜明けは訪れない　すべてが白紙の男は　目ですらひややかな陰に覆われる　時と時の間の連続性の瘤にぶつかるのだ　そのたびに通行人は非在を感じはじめ　生死において不明になる　ああ、あの男のかすかな死臭
　それはとても親しいものとして　かれがそのものだったと気づく　もう演ず

る必要性はない　その前に同志たちよ　わたしは生か死かかけてみないか？
しかしそれは無音であったので　男のつぶやきは墓標へと結晶したのだった

パラサイト　シングル

声は聞かせるものではなくて直隠しするもの　蛾の死骸が流れるドブや　黒い兎の大腸のなかにぶち込むもの　社会という地雷を踏まなければ　ボクは人形でいられる　家族は親切な人間だと思うけど

　交わるとボクは破裂しそうになる　人間と人形の使い分けのたびに　ボクの四方を固める囲いが逆上《のぼ》せる　生乾きの蠟みたいな得体の知れないなにかが微動する　コトバは全身の血管に対流させておく　ボクの死後に破裂するとき　周りは汚水臭い引け目を浴び　心は剝かれて研がれるだろう

ボクはボクについて　誰よりも詳しく識っているから（識らないと

は言わせない）　訊かれるのがうざったいのだ　一個の卵のなかで進むドキュメント　かくじつに育つ幹があるが　枝葉すらない裸木もある　着衣していてもハダカのボク　ジアセバム、メダセバムハルシオンは魅力的な色で　響きが咲いていて好きだ　化学変化をおこしてボクを助ける薬たち　かれらになら話せるかもしれないメンドウクサイんだボクは　引きこもっていたら　シナプスの働きまでイカレはじめた

ボクには外の空気は必要ない　部屋の空気をくりかえし使う　ボクは年齢も過去も忘れたし　今日ばかりが過ぎて行くのを見送る　時間にも優劣があるのだろうか　ボクの時間は自立しないし暗い地下へひっそりと降りてゆき　家族が入れない深みで振り向いては佇み寂しそうにそのまま　いなくなる　母親という人が「母さんと呼んで」というたび　ボクの時間はすこしむず痒くなる　痛みとは違う方法のような　でも今のところ受入れられないもの

一日をジグソーパズルで潰したり　爪でひっかいて傷をつくり　か

さぶたを剥いでは悦んだり　たまに不意に飼い犬を触ってみたりする　そのときだけボクは笑顔を見せているらしいが　その延長線上で何かの変化が吹くのだろうか　ボクがボクだけの力で眠れたり明日への道筋を見つけることができるのだろうか　前へという勇みはまだ整っていないけれど　母親という人を横目で見るとき　なにか差し込む光のような暖がある　ボクの喪失感しかない時間の堅い結び目に　人形であることの戯けぶりに　やわらかい指が開墾を示してくる

乖離

手の甲にあっけなく偶然に　万年筆で突いた一滴のインクが　タトゥーの胎児として生き延びている　黒子のようにはわらいもせず　わたしの順路に指示板を刺した　胎児は文字の可食部分を　さもなくば文字の死体を喰らう　わたしはあらゆる種を　眼の速度で掻きあつめる　画数の多いものを与え　たまに手の甲を足蹴されるが　たくさんの苦しむ人たちをはるかに思い　丁寧に文字並べする　産毛がそよぎ　極小な兵士のような　たくさんの苦しむ人たちのような　表情をみせて墜ちてゆく　わたしの手は書きたいものを　書かない時にすぼまる

タトゥーとは夜型の独りである

あたかもわたしが伸縮しているのか　四、五人ほどは危めるほどの
　現場が存在する広さと　四、五人ほどしか危められないほどの狭
さは　わたしの原風景を落命させ　タトゥーの胎児は一滴のじゅう
もウバッタ　バッタのように毟られ　わたしは「詩」を書かねばな
らなくなる　ここには来たくなかった　この駅では死にきれなかっ
た者と文字が　さらに病を濃くして　乗れる手立てもなく　列車は
かるがると無人を走るのだろう　タトウーの胎児をしばし悦ばせて

削りとれない血脈がタトゥーである

おまえは産まれたくないのか　成長したくはないのか　わたしから
乖離したくはないのか　たとえ全世界の水という水を集めたとして
も　この一滴には及ばないのか　おまえの重たさにおしつぶされそ
うだ　画数の多すぎる文字をふぶかせてやろうか　手の甲をあずけ
るとしても　わたしだけが苦しむ人だとしても　「詩」の去ること

はない　ずっと…もっと、ずっと…だ
永遠に来ない列車に　わたしの手の甲の影が　轢かれつづけている
有機物の死期のひつぜん…の

きずつけてゆくもの

等身大のかなしみには　なかなか気づかないものだ　慎密にフィットしすぎていて　ウインナーのようにぱきっと倒れやすいから　銀紙に包まれたチョコレートのように　じょわっと腑分けしそうだから　その切っ先から揮発する独白の　影だけがよごれた色を連れてゆく　たったそれだけの情報を俯せられて　わたしがいつもきょとんとしている間に　すっかり寂れた墓地の地下水に　かりに納められてゆく

吹きすぎてゆく風らには　摑まるための鰭がないという不都合

わたしには伸縮する能がない　かなしみには伸縮する術がある　わずかな差異をついて　わたしをよるべない位置に外す　生まれ落ちる皿のない赤ん坊のように　挙げた脚をおろすことのできない地獄草子のように　時を凍結する手法を知りたいのだが　だれからの返答もない独りの部屋で　踏み荒らされた純真が散らかっているだけだった

例えば老い、追ってくるもの　オイル漏れで枯渇する肉体　まんべんなく降り注ぐかなしみの礫　逃げ惑う者たちを追い回す、とても道徳的な悪漢であるならば　それには乗ってみる　ぱきっと倒れやすいならば　じょわっと腑分けしやすいならば　全身の皮膚という皮膚をさっぱり剝いでみせようか

例えば剝離、二度とは戻ってこないもの　玄関をくぐってきた微かな恋のフレア　すこやかな手で書いた文字の杜　自ら欲した希望という値の張る商品　ごく平穏な時の流れの、さらさら音　肉体から削られてしまったもの　精神の座するつよい土台　わたしにフィッ

トした被膜から聞こえるものはない　ただきょとんとかなしくなるのは　つまり心をうまく動かせなかった不器用さから　きずつけてゆくものにさえ笑みをかえしてしまうからだ。

森

森を通りぬけられたとして
樵になれるわけではない
切り株の年輪がほどけて
五線譜の川がながれるわけでもない
とてもしずかな森の音楽は
彼岸からの迂闊なはにかみにすぎない

あなたはおだやかな暮らしかたを
拳で圧死させ　欠片を蒼穹に投げつけた
このではなく　あのでもない

かの森にあなたが入ったと
萎縮した羽の鳥がうわさを運んで事切れた
本来の重みを持つ完全な森が失せた　今
人と間を貼りつけたところで
なにか文字の犬歯のようなものが
はさまって人間は未完のままだ

（あなたは人間をどうしたのか）

やがて風説がひろまった
あなたが劇的に変容したと
ありったけの森の要素を帯びて
生長の疼きを　前進する未使用の
時間の棘だと　受けとめたと
あなたに諭しなど要らず
何処かの次元に　その成し方があった
悲劇が起こったと漏れ聞くこともあった

しかしながら盧舎那仏の気品と
帝王のシルエットをともなった
完璧な森が現出した

（そのおそろしい奇蹟は）

あなたの肉体の器官や精神が
すべての樹木らと同質であるということだ
あなたは心身ともに森の音楽に育てられ
あつい息吹を鎮もっているのだ

構築

配達人はたしかに
印鑑を捺すわたしの指にだけ
鳥瞰図の無為を挿した

荷物が届くと　やはり
開けねばならない
肉体から骨格を外す
そのようなしぐさに似ている
（苅られる運命を凌ぐ草木の）
（逆夢が夜をしたたる）

箱と内容物がわかたれ
あとは　くっきりと
道程から解かれたいという
あちら側の気持ち　その果断
すこし身ごもっただけの
こちら側の空き箱のきもちが
わたしの眼のない心を
鉤裂こうとして

たちまちに忘れてはならない
あまい整流の果実だったか
色あざやかなTシャツだったか
包装紙に心が付着していたか
届いたことのぬくもり
あの地方に住む人の

心が視ようとして
配達人の踝の残像が発火して
もやる混沌のなか　わたしの
あたらしい骨格や肉体が
青嵐のように構築されてゆく
空き箱を吹きとばして
あの地方の人気色《ひとげしき》を
連れてくる

刮目

めざめない町だった
しらじらしいのは町民の数だけでなく
死に人も物足りないのに
わたしたちは表情をつくれない
所作が店にも残っていない
（店員たちも顔を穫られ）
ホメロスの休息*のような手を集めて
わたしたちを踊らそうとしたが
その血の気もない　静寂《しらけ》だけが
悲愴のこゆびを銜えて

ち、り、ん、…、と、うずくまった
この町が喪心したまま坐礁して
やわな体軀をうらむけた

町は熟眠しているので
彼方からの光の津波は止まり
たしかに在るのに視えない（眼球ははためかず）
所作をなくしたので、つくれないので、試みに
わたしたちは脚のかわりに手で歩く
そうやって歪な立方体へと
無色の血を流し

いつまでも目瞑る町をどうにかしよう
思想の陰に匿れるのは
しんみょうな時間の纏足
光のない胡桃のように狂っている
すぐに鉄の柵をひらくこと

柔らかくそよぐ睫毛だと識ること
あふれる老人たち、陽気な誘蛾灯、ゆかいなクリニック
わたしたちは始められるのだ
町をまた呼び醒まし
いくたびも生きてみせることを
刮目する所作を
あらたに濯ぎなおす

＊ホメロス（多すぎる休息は苦痛である）

永い散歩

犬は螺旋階段の途中で
うずくまってしまう
思考の皺を展ききり

彼岸と此岸からの風が
羽搏きを衝突させ
死にぎわのインクで
冬の日記を記述しはじめる

犬はステップの死角で

来歴の上皮を脱ごうとしている

冬という季節は
どこか実体がない
駆け足で階段を昇り急ぎ
電車に乗りそこねる人
そのように容貌《かお》がない
にもかかわらず驕奢で
語感だけが佇立する　冬
無垢の音韻をたなびかせるふりで

人から犬を引き算する
犬から人を引き算する
その余りから文字の生まれるまえの
旧い時代があらわれ
また風が猛々しく吹いて
現代が尖頭をもたげる

剛さを　ふと悟ったのか
冬の日記を咬みちぎろうとする犬
何事もなかったかのように
襟を立てるわたしのなかの
螺旋状《DNA》のすべてを
這いのぼってくる
同系として混じりあう

どこへ帰るのかわからず
ふたつながら繋がれて
周回にとらわれたとき

冬の具象が蓄電されている

春の　うみ

ことしも　ことりのくちばしが　さく
ひかりが　正面の貌をみせて　はなが　さく
紅梅の　のうみつな　野生の　うみに
ことりの　来し方が　記載され
えだに　みらいが飛来してきて　ふるえ
わずかな　くうきていこうが
ことりのいのちの　おもさだと
てのひらの　運命線が　うけとめる
じんせいの　ほの痒い　いたみ

あっ、あのことりの目って
死んだおばあちゃんに　にてるよね
白い色に　まるくふちどられて
あいらしく　かぼそく　発信するミュシャのような
少女の印象が　あったよね　でも
それは　みしらぬ人の風評がつけた　色
おばあちゃんは　じゅうじゅんを　否定した
むしろ　ぎあくしゃに　みえるよう
レジスタンスは　つちのおくそこ　うごめき
さけびが高まって　とがらせる　霜柱

みかんをきって　えだに　さし
ことりの　ゆくすえに　かまけてみる
死んだおばあちゃんの　ぶこつな手が
わたしのよこに　そうている
つめたい熱に　よりそわれ　たかまり
ちからから　育みへと　えだを肥やし

つよいかぜを　くいとめて
つなみから　なぎへと　ととのえられて
ちっちと　吸われる　ははの　うみ
じんせいを洗うような　いたみをおびて
紅の梅の　襞から襞へと
おばあちゃんの目と　ことりの目が
春のきおくしている胎児を　海からつりあげている

あやまち

一本の線があれば
水の馬を
象ることができる
しかし　わたしたちは
次元の段差を識らぬ
メビウスの輪が嗤うだけで
わたしたちの眼は熟していない
水の馬は
鏡の裏側のもの
たとえ灰をまぶそうと

気配すらみえない

それでも
一本の線があれば
わたしたちは希う
もし畸型の水ならば
半過去が
吐き気を憶えるだろう
かたちを得られぬもの
水の馬はモノクロの空に
思念の首を刺すこともできぬ
いなきすら汚れて
泥の馬が無言を
掘り尽くしてゆく

生者

水が馬についてかんがえる
馬が水についてかんがえる
たがいを洗いあうことはなく
水を錆び　馬を錆びる
それは病を罹患することではない
すこやかなる傷みの
薄明の合成画面であり
はじめから用意されていた
雨晒しの遊具でもある

水の馬をつづけることは
たとえばひとひらの金箔で
建築物ぜんたいを
覆ってしまう手腕に似ている
きわめて微細な仮想が
水の馬を
最大限にふくらませる
あるいは計測する行為を
真夜中の嘴に
わたすこと

水と馬が分離すること
馬と水が分離することは
それが不可能であるならば
あらたな水の馬を
産むことでしかなせない
それこそが

旧い死者のわたしを
生者として病ごと
飼いもどすことなのだ

火の婚姻

午前2時の闇を
若者たちの虹彩があやめている
しろじろしたゆびさきで
くゆらせる紫煙から
孵化する火の種子たち
くちびるの小窓にふれて
いっせいに旅立ってゆく
そのとき街は
時刻の必然にしずむ

街角の花壇に
ふと目をやると
火の赤い花々が咲いて
点々とひそんでいる
まさしく考える兵器のように
大きさを進む
大きな飢えを進む
ふたたびの旅立ちを
まひるに夢みる
若者たちの死人のような舌が
非在を凍っているうちに

火ものどがかわく
水ではないと本能は知っている
火のかわきをうめるのは
水を内包するあまたのもの
建物、森林、小さな木戸や小鳥たち

それらと軀を交えることで
はじめての愉楽につらぬかれ、叫ぶ
そして惹かれるままに
若い火に重なりにゆく

火の文字

書くそばから
燃え尽きてしまう文字がある
紙が燃えるのではなく
文字の総体が昇天するのである
くもり空の口腔を
意味でふさいでしまうので
文字の死肉の雨がふる
におい立つ雫の
それでもなお無臭と書ききる
するとまた文字に

火が連れられるので
捕食のありさまは
まるで黒魔術のようだ
と、水がわらう
おそらく水という水に
意味の気象が溶けている
補色の真っ暗闇のあと
月があり、かよう日、すいよう日と
つぶやいてみる
火の捨て置かれた
狭さゆえのわななきが
火のために解ってくる
文字の死肉の
けっして軽くはない打撲と
空のながく暗い息と
さいごに　火　と
書く実験のあと

火の哀しみ

とても無音な葬列だった
だれもが頭《かぶり》をふる所作に
その大きな建物ですら惑った

ゲームをリセットして
ほんとうに死ぬ人がいる事を
こどもたちはうす笑いでつぶす

鍛錬をもって泣けなくなれないのか?
無音から嗚咽がもれて
ことばよりもそれは切なく

その人は自死という「さよなら」で
リセットできないことをあかしたのだ
ならぶ首がふかぶかと垂れて
焼香の火がつぎつぎと
消されてはまた点されて
火は死に急ぎ生き急いだ
ちいさな火の亡骸たちは
散骨のように空にむかい
しばし曇り空はおわらなかった

時間にあらがえず
人々の未消化のままの哀しみが
車によって運ばれてゆく
このときも火がつかわれるが
まるで予告がないので
すぐに火は錯乱してしまう
逃げ場のないせまい空間で

畏怖をふるえつづけ
その人をまったき死者にととのえ
ひっそりと消されてしまう
重奏しあう死のいびつな句点である

ゲームに興じていたこどもが
リセットの効かなくなったゲーム機を
壊れてしまったと廃棄した

そんなにも美しく汚れる火もあることを
ここにいるだれも想像だにしない

火の怒り

色彩をわずかに異にする火たちが
からみあい　粗暴を咬みあっている
同族ゆえに　かすかに触れぬ
訛りの違いを逸らさない
朱から赤への映えるオーラのようだが
それはがらんどうの　非の分母
舌先で刺す　記憶に固められた
亡蝶のくちばしの
絶対的な　零度である
熱い冷ややかさ／冷ややかな熱さ

冷静な火／冷えきったままの火
はじまりは一個の種子であった
細胞が　分裂を　狂って
火は火の　敵となった

火　ゆえの怒りなのか
対象に　怒っているのか
死ぬふりをしては　すぐ蘇生する
火の気紛れは　苦く嗤う
処分すべきは　敵の敵
わたしたちという　業《ごう》の種子
その内なる胚乳の　不遜こそを

歴史は　溶溶と流れ
見逃してきた　泥まみれの
おびえるものらに　浴びせた火がある
色彩を異にする皮膚を

峻別してきた　生き埋めの
ウツロな眼からの　火がある
それは自然発火の怒り
あおい果実の　芯にねじこんで
泣けるなら　泣けばよい
怒りの火は　濡れないので
果実の筋力をも　涸れさせる
火は敵を　永劫に追い回し
みずからを説明するだろう

熱い冷ややかさ／冷ややかな熱さ
冷静な火／冷えきったままの火
いつの日か　非の分母として
氷河期を背負うのだ
火のままで凍りつき
色彩をわずかに異にして

開くリンゴ

そしてリンゴの黒い心臓の傾きに　わたし（たちの肉体
が沿うてゆくとき　飢餓の体液をこぼしあう　騒がしい
音の夜がやってくる　果実の膿んだ地区が耳をふさぐと
　まだ見ぬ春がわたし（たちの不埒な仕様に　烈風を送
りながら失笑する　わたし（たちは過ちの負荷に惑いつ
つも　いつしか蒸発する生命の果てを囃したて　リンゴ
は酔いの眩暈《げんうん》をめまいする　ふたつながら異状する不安
な地上があった

やがて地下へ地下へとわたし（たちが向かうとき　世界
がはじめて姿をあらわす　磨かれたガラス窓のビル群

そのアキレスに咲く名もない花　こどもたちの乳臭さに
まどろむ公園　その一角のテントの皺のなかの埃　□丁
目□番地の表示が目に凍みる　高級フルーツ店にあふれ
る色彩のマッス　新鮮な息遣いの果汁の滝があり　わた
し（たちの呆然と開いた口に傾れ込む　あまりの唐突さ
に　縮こまる隠された本能　リンゴの青い肌のまぶしさ
に　やおら発芽するわたし（たちの密かな肉欲

しかし地下が融解し　幾度かの暗転をリピートした地点
紙一重をこじあけた薄い層こそが　異状するものたち
だけの終の住処　そのリンゴの吃音に晒されるいきざま
あるいは死にざまのモデラートの美　もはや健やかな
肌のない果実の瘴気の手招きはやまない　開くべきは芯
のなかの肉声　けものじみた気泡を吹きつつ　崩れ去る
ときの変調の過剰を　わたし（たちは関わってはならな
い　しだいに開いてゆくリンゴの悟りに　円形の影が水
母のように入水して　錆びた銃弾が飛び出すまでは

ぷあ

一昨日が　上流に殴られていた
昨日が　中流に溺れていた
今日が　下流で遊んでいた
川の話じゃないぜ

「詩」の殺しかたを知ってるかい?
爬虫類脳の得意なふざけ方さ
「死」の殺し方も知ってるかい?
子持ちの巫女さんでも
ニーチェでも教えてくれるさ

人込みで奈落をもらったことがあるよ
（きみの背中は割れつづけるだろうな）
ずっと遊んでるかって？
「詩」と「死」を遊んでるかいって？
とりあえず素泊まりするよ
社会との妥協点でな

徒花

猫の肉球を押し広げ　その深淵に溺れてから　男ははじめて立ちあがる　濡れて乾かぬ杭として　社会の不安の地下にもぐり　地固めするのが仕事だ　何千、何万体かの一体として　土くれの傭兵たちの並列のように　じっと佇み支えるのだ　それには熟さぬ昼月の牙のように　だれからも抜かれぬ安堵がうまれない　きょうも真上のわいざつな街は　ひらったいレム睡眠をする

管理下の男には家もなく　その低体温ゆえに　抱き合った蛇ですらも凍りつくだろう　男の腋下によりそう猫の　肉球だけが温みを与える　男は終の病をわたす　寒さを引算して　わずかにあまる点に

男の居場所がやってくる

男の仕事場は広い　と同時に狭小でもある　それは地下を覗く刮眼
の　冷淡さが決めることだ　上と下　下と上　と哭くのはまず空き
缶である　充実を奪われて凍てつくゆえに　しかし男は哭かない
街の眠ることがほとんどなくなり　いよいよ仕事は使命にかわる
しだいに木と化してゆく男は　終の住処を猫に報告する間もなく
社会の不安に文身される

何千回も何万回も　地下は徒花のようにむごくなり　肉球という蜜
をたたえた深淵は　とても乾きたがって寒気だつ　杭からは木目の
裂ける音だけが　愉しげにひびいている

ゆえに世界はいつも　訓戒をあくびする

山之内まつ子（やまのうち・まつこ）

一九五〇年、鹿児島県生まれ。
一九九一年、詩集『卑弥呼』
一九九五年、詩集『木の時間』
二〇〇六年、詩集『小匙½の空』
二〇一〇年、句集『比喩を死ぬ』
二〇一一年、歌集『多次元の森』
（いずれもジャプランより刊行）

現代俳句協会会員、日本現代詩人会会員、鹿児島県詩人協会会員
俳句誌「形象」同人、詩誌「現代詩図鑑」同人、詩誌「禾」同人

連絡先　〒八九九―二二〇一　鹿児島県日置市吹上町中原二五六二―二

徒花《あだばな》
著者　山之内《やまのうち》まつ子《こ》
発行者　小田久郎
発行所　株式会社 思潮社
〒一六二―〇八四二　東京都新宿区市谷砂土原町三―十五
電話〇三（三二六七）八一五三（営業）・八一四一（編集）
ＦＡＸ〇三（三二六七）八一四二
印刷　三報社印刷株式会社
製本　小高製本工業株式会社
発行日　二〇一一年九月二十五日